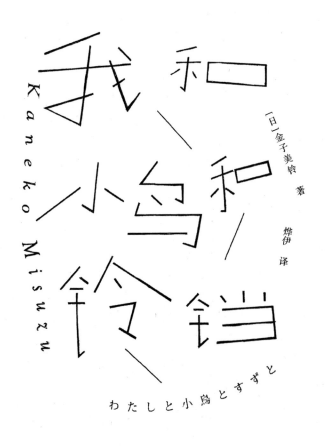

我和小鸟和铃铛

Kaneko Misuzu

［日］金子美铃 著

烨伊 译

わたしと小鳥とすずと

人民文学出版社
PEOPLE'S LITERATURE PUBLISHING HOUSE

雅众文化 出品

I 美丽的小镇

II 阿婆的故事

III 星星和蒲公英

IV 金米糖的梦

V 寂寞的公主

VI 我和小鸟和铃铛

I

美丽的小镇

纸窗

屋里的纸窗，像一座高楼。

漂亮的十二层白色石楼，
一路通到天上去。
屋子的数量，是四十八间。

一间屋里住着苍蝇，
其余的屋子都空着。
今后会是谁，
住进这四十七间屋子呢？

楼上开着一扇窗，
会有哪个孩子探头看？

——这扇窗是我赌气的时候，
用手指捅开的。

白天，我透过小窗眺望，
蓝蓝的天空，
一下子就暗下去了。

鱼儿

海里的鱼儿真可怜。

稻米是人种出来的，
牛是在牧场养大的，
池里的鲤鱼也有食吃。

但海里的鱼儿啊，
没人照顾过它们，
也从没犯过错，
就要被我吃掉。

鱼儿真是好可怜。

云

我想变成
一朵云呐！

轻轻飘过
蓝天
从这头到那头
把世界看个遍，
到晚上就和月亮小姐
捉迷藏。

如果这也玩腻了
就变成雨
带上雷电先生，
一起跳进
人家的池塘里去。

天的那一边

天的那一边有什么。

雷电先生不知道，
积雨云不知道，
太阳公公也不知道。

天的那一边，
海和山在说话，
人类变作了乌鸦，
那是一个
神奇的魔法世界。

幸运的小槌

假如有一把幸运的小槌，
我要用它敲出什么呢？

敲出羊羹、蛋糕、甜纳豆，
还是和姐姐一样的手表？
比起这些我更想要：
敲出歌声动听的纯白色鹦鹉，
敲出红帽子的小矮人，
每天看他们跳舞？

不，比起这些我更想，
像故事里的一寸法师，
眨眼功夫就长高，
变成大人该多好！

日月贝

西边的天空
是茜红色，
火红的太阳
沉在海里。

东边的天空
是珍珠色，
黄色的圆月
挂在天上。

傍晚落下的太阳，
和黎明沉睡的月亮，
相遇在
深深的海底。

一天，
有个渔夫拾起了
红色和浅黄交织的
日月贝。

麻雀妈妈

孩子
抓住了
小麻雀。

孩子的
妈妈
微笑着。

麻雀的
妈妈
看着他们。

在屋檐下
安静地
看着他们。

月亮和云

天上原野的
正中间，
月亮和云
碰巧相遇了。

云儿急冲冲地
避不开，
月亮也急冲冲地
停不下来。

"不好意思！"
月亮
从云上
慌忙而过。

云朵们
被踩到了头
还是心平气和地
喊着："加油！"

葫芦花

天上的星星
问葫芦花：
"你不寂寞吗？"

乳白色的
葫芦花回答：
"不寂寞呀！"

那之后，
天上的星星再不说话
若无其事地
闪闪发光。

寂寞的
葫芦花，
慢慢地
垂下了头。

倒刺

无名指上的倒刺啊，
怎么舔、怎么吸，还是觉得疼。

我想起，
我想起，
不知什么时候，姐姐告诉我：

"不听大人话的孩子，
手上长倒刺。"

也许是因为前天，我任性地哭了一场。
或者是因为昨天，我没做家务。

去向妈妈道个歉，
就不再痛了吗？

节日过后

节日过后
笛声、
钲鼓和太鼓声，
越来越远，

隐约寂寥的
笛声，
在深蓝色夜空中
回荡。

深蓝色夜空的
天河，
此刻变成了
白色。

紫云英地

紫云英地
要耕种了,
地里还星星点点地
开着花。

目光温顺的
大黑牛
拽着犁头
犁过来时,
一丛丛的
花和叶,
埋在又黑又沉的
泥土里。

天上的云雀
声声啼,
紫云英地
要耕种了。

桂花

满庭都是
桂花香。

风儿吹到
大门外，
商量着：
进来？还是不进来？

睫毛上的彩虹

眼泪啊,

擦掉了还流、擦掉了还流。

我留着泪想:

——我一定是,

捡来的孩子。

睫毛上挂着

漂亮的彩虹,

看着看着,

我又想:

——今天的点心,

是什么呢?

初秋

凉凉的晚风吹来了。

此时此刻的乡下，
有人正牵着黑牛回家，
在路上远眺着，海上的火烧云。

一千只乌鸦也正唱着歌，
飞过浅蓝色的天空回家。

田里的茄子收获了吗？
稻花开了吗？

这条寂寞的、寂寞的街巷啊，
只有家、尘土和天空。

沙之王国

我现在，
是沙之王国的国王。

能把群山、峡谷、草原和河川，
变成我想要的模样。

就连童话故事里的国王，
也不能让自己王国的山川，
起这样大的变化吧！

我现在，
真是个了不起的国王。

草原

如果赤脚走过
露水晶莹的草原，
脚一定会被染得青绿青绿的吧，
身上也会沾上青草的味道吧。

如果这样走啊走
直到变成一棵草，
我的脸蛋儿
会变成一朵花，美丽地盛开吧。

几座山

小镇的背后是一座矮山，
矮山的对面是一个村子，
村子的那头是一座高山，
高山的后面不知道是什么。

要翻越几座山，
才能看见常在梦里怀念的，
那座金色城堡呢？

闪光的发

夕阳像红色的
大圆球，
从海边，
往下沉、往下沉。

看落日的阿光
他的头发，
像金色的丝线，
闪着光、闪着光。

用金色的细线
把通红的圆球，
织在麻叶上，
织上去、织上去。

礼服 [1]

安静的秋日暮色，
穿着一件漂亮的礼服。

白色的家徽是月亮，
晕染着淡蓝的水色下摆上，
描着深蓝的山岭纹样，
闪亮涟涟的银粉是大海。

深蓝的群山上，
零星散落的灯火是刺绣吧。

安静的秋日暮色，
穿着一件漂亮的礼服，
不知要去哪家做嫁娘。

1　此处指仪礼和服。

美丽的小镇

忽然想起，那座小镇，
河畔的红色屋顶。

还有，碧绿的大河
河上的白帆，
静静地、静静地漂荡。

还有，河岸草地上，
年轻的画家叔叔，
出神地凝望水面。

还有，我在干嘛呢？
难怪我想不起来，
原来这是向别人借来的，
书里的插画啊。

天空很忙

今晚，天空很忙，
奔跑的云朵一<u>丛丛</u>。

撞上半遮面的月亮，
还是浑然不知地向前跑。

小云朵闹哄哄地，飘啊飘，
大云朵在后面，追啊追。

半遮面的月亮也在云里，
穿来，穿去，跑个不停。

今晚，天空很忙，
真的、真的，非常忙。

燕子的手帐

在清晨寂静的沙滩上，
我发现了一本手帐。
红缎面，烫金字，
里面是雪白的，新本子。

是谁落下的呢？
问海浪，海浪哗哗哗，
找遍四周，
沙滩上却连脚印也没留下。

一定是黎明时，
启程南飞的燕子，
特意买来写旅行日记的，
却落在这里飞走了。

四月

新的课本，
放在新书包里。

新的树叶，
长在新枝头上。

新的太阳，
挂在新的天空中。

新的四月，
是快乐的四月。

茅草花

茅草花，茅草花，
雪白、雪白的茅草花。

夕阳下的河岸上，
我要伸手拔起它，
茅草花儿摇头说，
不要拔呀不要拔。

茅草花，茅草花，
雪白、雪白的茅草花。

乘着晚风，
你飞吧，飞吧，
飞在黄昏的天空，
做一朵白云吧。

夜风

夜里的风可调皮了
独自吹过太寂寞啦。

摇摇合欢树的叶子吧，
合欢树的叶子摇晃着，
做了一个乘着船的梦。

摇摇小草的叶子吧，
小草的叶子摇晃着，
做了一个荡秋千的梦。

夜里的风百无聊赖
独自吹拂过天空。

遗忘的歌

今天我又来到这座，
野蔷薇盛开的荒山，
回忆一首遗忘的歌。
回忆比梦还远，让人怀念的
那首摇篮曲。

啊，如果唱起那首歌，
荒山就会打开门，
那一年那一天的妈妈，
就会真真切切地出现在我眼前吧。

今天我又寂寞地在荒草中，
望着大海回忆那首歌。
"白银的船，黄金的桨"
啊，这句之后，这句之前，
这首我唱不全的摇篮曲。

天空的颜色

大海啊大海，为什么那么蓝？
那是映着天空蓝。

天空阴沉沉的时候，
大海也映得阴沉沉。

晚霞啊晚霞，为什么那么红？
因为映着夕阳红。

可是白天的太阳不蓝，
天空为什么那么蓝？

天空啊天空，为什么那么蓝？

树

花谢了，
果熟了，

果落了，
叶凋了，

然后芽又冒了，
花又开。

要重复
多少次，
树的使命
才能完成呢？

II

阿婆的故事

大丰收

日升月落
大丰收啦
肥美的沙丁鱼
大丰收啦。

海边热闹得
像过节似的
但海里却有
成千上万条
沙丁鱼
在哀悼吧。

山顶

晚风簌簌
吹过
高粱田，

洁白的
月亮
翻过山顶。

疲倦的马
蹒跚着
上山，

爬啊
爬啊
还是高粱田。

白天的月亮

肥皂泡一样的
月亮，
仿佛风一吹，就会消失的
月亮。

此时此刻
在某个国度，
穿越沙漠的
旅人，
一定抱怨着：
路太黑、太黑啦。

白天的
白月亮，
你为什么、为什么
不去照亮他的路呢？

月亮船

满天都是鱼鳞云
天上的海泛起大波浪。

银色的船从佐渡开回千松
隐隐约约看不清。

连金黄的桨也被冲跑
什么时候，才能回家乡？

波涛汹涌，船时隐时现，
从天涯，开到海角。

卖梦的人

年关刚过，
卖梦的人
来卖这新年的第一个
好梦。

装宝贝的船上
堆着的
好梦，
山一样高。

小巷里，
善良的
卖梦人
悄悄地，
给买不起梦的
寂寞的孩子们，
也送去了
美梦。

弹珠

满天繁星，
是漂亮的、漂亮的弹珠。

弹珠，哗啦啦地，撒了满天，
要先拿哪一颗呢？

弹开
那颗星星
这样撞上去，
然后
摘掉
另一颗星星。

摘掉一颗又一颗，怎么摘也摘不完，
繁星啊，天上的弹珠。

话语的王国

天色将晚，
话语王国的
国王，
和随从走散在
话语王国的
森林里。

坐在暖烘烘的
火边，
下雪的夜晚
还是隐隐的寒冷。

没有随从的
国王，
多冷清，
多寂寞呀。

没有妈妈的野鸭

月亮
结冰了，
冰雹
打在枯叶上，

冰雹
时下时停，
云彩里的
月亮啊。

月亮
结冰了，
池塘
也结冰了，

没有妈妈的
小野鸭
要怎么
睡觉呢？

小石块

昨天摔倒了
小孩，
今天绊倒了
大马，
明天不知是谁
要过路。

乡间路上的
小石块，
满不在乎地
躺在红色的夕阳里。

老鹰

老鹰慢悠悠地
兜着圆圈。
它在圆圈的中间
寻找着什么呢?

圆圆的海里有十万条沙丁鱼,
圆圆的陆地上有一只老鼠。

老鹰慢悠悠地
兜着圆圈。
抬头望望
圆圈的中间,

正午的天空,
浮着一弯月亮。

月出

悄悄地
悄悄地
你瞧，出来啦！

山的
轮廓
刷地亮了。

天的
底下
和海底下，

好像有
一束光
化在里头了。

乳汁河

小狗狗，别哭啦，
太阳就要下山啦。

天黑了
没有妈妈也不怕，

深蓝的天空中，
有一条
若隐若现的
乳汁河。

红色的船

一棵松树
站得笔直
看着海，
我也独自
看着海。

大海蔚蓝，
云朵洁白，
红色的船
还没有来。

红色船上的
爸爸，
何时梦里能再见的
爸爸，

松树啊
松树啊
何时再相见？

神轿

红灯笼
还没点亮
秋天节日的
傍晚。

玩累了
我回到家，
爸爸在
招待客人，
妈妈在
忙忙碌碌。

忽然寂寞的
傍晚，
听见
后街上
神轿走过的声音
暴风骤雨一般。

小庭院

我搭的小庭院，
谁都不来看。

天空蓝蓝的，
妈妈却总在店里忙。

节日过去了，
妈妈却永远那么忙。

听着蝉鸣声声，
我拆毁了小庭院。

阳光

太阳公公的使者们，
一起从天上出发了。
路上遇见了南风，
南风问："你们要去做什么？"

一位使者说：
 "我要把光之粉洒向大地，
让大家好好工作。"

一位使者开心地说：
 "我要让花儿盛开，
为了世界更加欢乐。"

一位使者温柔地说：
 "我要架一座拱桥，
让纯净的灵魂通过。"

最后一位使者很落寞：
 "我是为了造影子，
才和大家一起去的。"

大人的玩具

大人拿着大锄头，
去田野上翻土。

大人划着大渔船，
去大海里捕鱼。

还有大人里的大将军，
拥有真正的军队。

我的小个子士兵们，
不会说话，也不会动。

我的小船很快就翻，
我的小铲已经折断。

想想就失望，想想就无聊，
大人的玩具多好啊！

知了的外衣

妈妈，
屋后的树荫里，
有一件
知了的外衣。

知了也一定是热了
才脱了衣服，
脱下来了，忘了穿，
就飞走啦。

夜里那么凉
它一定会冷的，
我们去给它
送衣服吧！

鱼儿的春天

海蕴[1] 萌出嫩芽，
水也变得青绿。

天空之国也是春天了吧，
抬头看看，亮得耀眼。

飞鱼叔叔，刷地跃起，
从空中一闪而过。

一起来捉迷藏吧！
在长出嫩芽的海藻丛里。

1　海蕴：一种生活在沿海的褐藻类植物，可以入药。

春天的早晨

雀儿别叫啦，
天气这么好，
迷迷糊糊，迷迷糊糊，
好想再睡觉。

上眼皮想要睁开，
下眼皮却不愿醒来，
迷迷糊糊，迷迷糊糊，
好想再睡会儿。

船儿睡吧

岛上漂来的小船，你累了吧？
海湾的波浪温柔地摇着，
轻轻的，轻轻的，你睡吧。

载满渔货，波涛汹涌，
漂洋过海的
小船儿啊，你睡吧。

岛上的人们要回去，
买了沉甸甸的大米，
买了绿油油的青菜。

岛上漂来的小船啊，在这之前，
温柔的波浪摇着你，
安静的，安静的，睡吧。

邻居家的小孩

剥着蚕豆皮，
竖着耳朵听，
邻居家的小孩，
好像挨骂啦。

想要偷偷看一看，
却又觉得不应该，
捏着蚕豆
走到门外头，
又捏着蚕豆
走回门里头。

闯了什么祸
惹恼大人啦？
邻居家的小孩，
好像挨骂啦。

阿婆的故事

从那以后，
阿婆再没说过我喜欢的那个故事。

"你早就讲过了。"
那次听我这么说，阿婆脸上很失望。

阿婆眼睛里，
映着荒山的野蔷薇。

好想再听那个故事，
如果她还愿意说，
我一定乖乖地，
听上五遍、十遍、很多遍。

萤火虫的季节

萤火虫的季节
到了。

用新的
麦秆，
编一个
小小的萤笼吧。
编啊编地
沿着小路向前走吧。

鸭跖草[1]开着蓝色的花，
赤着脚，
在露珠点点的小路上
踩啊踩地向前走吧。

1　鸭拓草：一般分为紫鸭拓草和蓝鸭拓草，属一年生草本植物，日语中称为露草。

卖鱼的阿姨

卖鱼的阿姨，
请你朝那儿看，
我要为你插朵花，
一朵山樱花。

阿姨的头发上，
没有花簪子
也没有星星发夹，
什么都没有，多冷清呀。

阿姨，你看，
你的头发上，
开了一朵山樱花。
比戏台上的公主
戴的发钗还漂亮。

卖鱼的阿姨，
请你回头看，
我刚刚为你插了一朵花，
一朵山樱花。

莲花

绽放了，
合起来了，
寺院池塘里的
莲花啊。

绽放了，
合起来了，
寺院园子里的
孩子们牵着手。

绽放了，
合起来了，
寺院外面的
家啊、小街啊。

幸福

幸福穿着桃红色的衣裳，
一个人抽抽搭搭地哭着。

"我深夜里敲着木窗，
却没人理会我寂寞。
只瞧见昏暗的灯影里，
憔悴的母亲、生病的孩子。

我伤心地走到下一个街角，
敲响那前头的大门，
我转遍整个镇子，
却没人肯让我进家。"

幸福一个人抽抽搭搭地哭着，
在深夜里悬着月亮的后街。

帆

海湾里停着的船帆，
全都又破又黑，
远处海上飘着的船帆，
却都白得发亮。

远处海上的，那艘船啊，
请你永远别靠岸，
你要航行在海天之间，
飘向更远的地方。

请你，一路驰骋，闪着银光。

蚊帐

蚊帐里的我们，
像被网住的鱼。

迷迷糊糊睡着的时候，
就有清闲的星星来收网。

半夜里头睁开眼，
睡在云彩做的沙地上。

青色的网呀，在水波里荡漾，
我们好像可怜的鱼儿啊。

柳树和燕子

"你们还好吗?"
河边的柳树,
对小燕子说。

两只燕子
在它枝头唱过歌,
其中一只
死在了路上。

小燕子
什么也没说,
轻轻滑过水面
飞走了。

大海和海鸥

我以为大海是蓝的，
海鸥是白的。

可今天见到的海
和海鸥的翅膀，都是灰色的。

大家都以为自己是对的，
但那都是骗人的。

天是蓝的，
雪是白的。

我们以为看见的就是对的，
但那会不会也是骗人的？

再见

下船的孩子对海说，
上船的孩子对山说。

船对码头说，
码头对船说。

钟声对大钟说，
炊烟对小镇说。

小镇对白天说，
夕阳对天空说。

我也说吧，
说再见吧，

对今天的自己
说再见吧。

Ⅲ

星星和蒲公英

茧和墓

蚕
钻进茧里，
又小又挤的
茧里。

但是，蚕
一定很开心，
它要变成
会飞的蝴蝶了。

人
躺到墓里，
阴暗荒凉的
墓里。

然后，好孩子
长出翅膀，
就要变成
会飞的天使。

向着明亮那方

向着明亮那方
向着明亮那方。

灌木从里的小草啊,
哪怕一片枝叶
也要向着倾泻的日光。

向着明亮那方
向着明亮那方。

寒夜里的飞虫啊,
哪怕灼焦了翅膀
也要飞向灯火辉煌。

向着明亮那方
向着明亮那方。

城里的孩子们啊,
哪怕分寸的宽敞
也要奔向阳光普照的地方。

天空的大河

天空的河滩上
都是石头，
叽里咕噜的
满滩石头。

青绿的河流
静静流淌，
一抹新月，
是细细弯弯的白帆。

悠悠的河里
荡着梦，
也荡着
竹叶扁舟般的星星。

蜜蜂和神灵

蜜蜂在花朵里，

花朵在院子里，

院子在土墙里，

土墙在镇子里，

镇子在日本里，

日本在世界里，

世界在神灵里。

而神灵，

就在小小的蜜蜂里。

女孩子

所谓的
女孩子，
就是
不爬树才像话。

骑了竹马
就是疯丫头，
抽了陀螺
就是傻瓜。

我知道这些
是因为，
每一样
我都挨过骂。

芝草 [1]

它的名字叫芝草，

却没有人叫过它。

它真是太无聊了，

又短又密，长了满地，

还长到路边，

长成用足力气，

也拔不掉的硬草。

紫云英开红色的花，

紫花地丁 [2] 连叶子都柔嫩可人，

头钏花 [3] 能摘来做花簪，

京雏花 [4] 能当笛儿吹。

可如果草地上，

1　芝草：属禾本科植物，生长在日照充足的地面，多当作草坪种植。

2　紫花地丁：堇菜科多年生草本植物，花朵呈紫堇色或淡紫色。

3　头钏花：菊科一年生草木植物，据说因为花茎前端长出的红色花蕾令人联想起发簪而得名。

4　京雏花：百合科多年生草本植物，其叶可以叠成京雏人偶和服的形状，因而叫做京雏花。

都是这些花，

我们玩累了，

要坐在哪里歇脚，躺在哪里睡大觉呢?

绿油油，坚韧温柔的芝草啊，

是我们快乐的被窝。

泥泞

背街的
泥泞里，
一片
蓝天。

远远的，远远的，
美丽又
澄澈的天空。

背街的
泥泞，
是一片
深远的天。

点心

我悄悄地藏起一块
弟弟的点心。
明知道不能吃，
却偷偷吃掉了
那一块点心。

要是妈妈说点心少了一块，
该怎么办呢？

把点心放下了又拿起，
拿起了又放下，
弟弟还是没来，
我又吃了
第二块点心。

苦涩的点心，
悲伤的点心。

焰火

飘着细雪的晚上，
撑伞走过
柳枝的枯影。

我忽然想起，
夏夜柳荫里
点燃的焰火。

好想
好想，
看雪地上也升起焰火。

飘着细雪的晚上，
撑伞走过
柳枝的枯影，

遥远的日子里
升起的焰火味道，
仿佛就在我身旁。

小小牵牛花

那是
一个
秋日啊。

马车路过村外，
一间茅草屋外插着竹篱笆。

竹篱笆下开着
天蓝色的小小牵牛花。
——就像望着天空的眼睛。

那是
一个
晴朗的秋日啊。

蔷薇的根

第一年蔷薇开了花，
一朵大红花。
　蔷薇的根在土里想：
　"真开心啊，
真开心。"

第二年蔷薇开了花，
三朵大红花。
　蔷薇的根在土里想：
　"又开花啦，
又开啦。"

第三年蔷薇开了花，
七朵大红花。
　蔷薇的根在土里想：
　"第一年的那朵花，
怎么不再开了呢？"

秋

一盏盏路灯
亮了，
投下
一条条影子，
给小街织出了
美丽的条纹。

明亮的条纹里，
三五个人
穿着浴衣 [1]。
暗淡的条纹里，
静悄悄地
藏着秋天。

---

1 浴衣：和服的一种，是日本夏季乘凉时穿着的简易传统装束。

船上的家

爸爸
妈妈，
还有我
和哥哥。
船上的家好开心啊！

卸好货物，太阳下山，
当邻居船儿的桅杆上，
挂起初升的长庚星时，
围着红彤彤的篝火，听着爸爸讲故事，
我睡着了。

长庚星渐白的时候，
晨风里挂起了船帆，
驶出港口是广阔的海洋，
雾霭消散，岛屿浮现，
波光粼粼，鱼飞鸟跃。

午后风儿起，
海浪一波波，

金色的夕阳渐渐地
沉入遥远的海平线，
那时的海比花儿更美。

吃着海水煮的饭，
太阳晒得船儿暖暖的，
风儿吹得船帆鼓鼓的，
船上的家好开心啊！

暗夜里的星星

暗夜里有一颗
迷路的星星。
那是一个
女孩子吗?

和我一样
孤零零的
那个孩子
是女孩吗?

海港之夜

这是一个阴沉的夜晚。
有一颗
小星星在瑟瑟发颤。

这是一个寒冷的夜晚。
有两点
船上的灯火在水面摇曳。

这是一个寂寞的夜晚。
有三只
大海的蓝眼睛在扑闪。

杉树和杉菜[1]

一棵杉树在唱歌：

我看见山的对面

无边的大海上，

有三只，

蝴蝶模样的白帆。

一棵杉树在唱歌：

我看见山的对面

繁华的城市里，

青铜铸的猪，

嘴里喷着水。

杉树底下的

杉菜在唱歌：

什么时候我也能，

长得那么高，

望见比远方更远的地方！

---

1 杉菜：日语中的"杉菜"即问荆。

夜晚

夜晚，给大山和森林里的树、
窝里的鸟儿、草的叶子，
甚至连红色的可爱花朵，
都穿上了黑色的睡衣，
但只有我，不能这么做。

我的睡衣，是纯白色的，
而且，是妈妈给我穿的。

风

天空的牧羊人
无影又无踪。

被赶着的羊儿，
在黄昏的
原野尽头
结成群。

天空的牧羊人
无影又无踪。

羊儿被夕阳
染红的时候，
他在天边
吹起笛子。

田里的雨

萝卜田里春天的雨，
来到绿色的叶子上，
轻声说笑。

萝卜田里午后的雨，
来到红色的沙土上，
沉默冷清地钻进去。

蔷薇小镇

绿色的小径，露水的小道，
小道的尽头，是蔷薇的家。

蔷薇的家，在风里摇摆，
蔷薇的家，晃动着馨香。

蔷薇小矮人，
张着一对小巧的金色翅膀，
在窗口和邻居聊天。

嗵嗵敲响蔷薇的家门，
不见了窗户，也不见了小矮人，
只剩风里摇摆的花。

那个蔷薇色的清晨，
我探访了蔷薇小镇。

那一天，
我是一只蚂蚁。

桂花灯

房间里的红灯点亮了，
玻璃窗外，茂密的
桂花树里，也亮起了灯。
亮起与这里一样的灯。

夜深大家都睡了，
叶子们在那灯后面，
一起笑着聊天，
一起唱着歌谣。

就像我们，
刚吃完饭一样。

把窗关上，睡觉吧，
我们还醒着，
叶子们都不能聊天了。

太阳先生、雨水先生

雨水先生
把沾了灰的
小草
洗净了。

太阳先生
把湿漉漉的
小草
晒干了。

它们让我
刚好能
躺下来
看看天空。

麻雀和虞美人

小麻雀死了，
虞美人
却开着鲜红的花。

它还不知道
就别告诉它，
悄悄走过它身旁吧。

花儿如果
知道了，
定会马上凋谢的。

日历和时钟

有了日历
就忘了日子
一看日历
已经四月啦。

没有日历
却记得日子
聪明的花儿
会在四月绽放。

有了时钟
就忘了时间
一看时钟
已经四点啦。

没有时钟
却记得时间
聪明的公鸡
会在四点打鸣。

金鱼

月亮每一次呼吸
都吐出柔和的、眷恋的
月光。

花儿每一次呼吸
都吐出洁净的、芳香的
气息。

金鱼每一次呼吸
都吐出美丽的宝石
就像童话里可怜的孩子。

梦与现实

如果梦是现实，现实是梦，
该多好呀。
梦里什么都不一定，
那多好呀。

白天过去，不一定是黑夜，
我也许是个公主，

月亮不一定用手摘不到，
也许人能走进百合里，

时钟的表针不一定向右转，
也许死去的人会永生。

如果什么都不一定，
该多好呀。
偶尔在梦里看见现实，
那多好呀。

星星和蒲公英

蓝蓝的天空深不见底，
就像小小的石子沉在大海里，
夜晚来临前沉睡的星星，
白天我们看不到它。
　　我们看不到，它却在那里，
　　我们看不到，它却在那里。

凋谢干枯的蒲公英，
在瓦片的间隙沉默着，
坚强的根等待春天的来临，
我们看不到它。
　　我们看不到，它却在那里，
　　我们看不到，它却在那里。

花魂

花儿谢了，那些花魂
在西天佛祖的花园里，
将会一朵不落地重生。

因为花儿太善良，
听到太阳神的召唤，
就啪地绽开，微笑着，
给蝴蝶甘甜的蜜汁，
给人们温柔的香气，

风儿呼唤它，
它也诚实地跟随，

连枯萎的花瓣，它都给了我
做成过家家的饭。

树

小鸟
栖在树枝顶上，
小孩
坐在树荫下秋千，
小叶子
躲在树芽儿里面。

那棵树，
那棵树，
很开心吧。

一个接一个

月夜里踩着影子游戏，
大人就来叫："回家睡觉！"
　（能再玩一会该多好啊。）
不过回家睡觉，
能做许多梦。

当我做着美梦，
大人又来叫："去上学了！"
　（没有学校该多好啊。）
不过去了学校，
有人作伴就不无聊了。

大家一起跳房子，
操场上的钟却响了。
　（没有课钟该多好啊。）
不过听老师讲课，
还是挺有意思的。

别的孩子也这样吗？
都和我想的一样吗？

淡雪

下雪了，
下雪了。

到处泥乎乎
雪刚下就化，
大地上面
一片泥泞。

先是哥哥，又是姐姐，
弟弟后面是妹妹，
雪啊下着，
一片又一片。

雪花
开心地
飞舞，
落在地上一片泥泞。

露水

不要告诉任何人
好吗？

清晨
在庭院的一角，
花儿簌簌地
流下眼泪的事。

要是这事
传开来，
被蜜蜂
听到了，

它会像
做了亏心事一样，
把蜂蜜
还回去的。

水和风和娃娃

在天与地之间
咕噜噜转着圈的
是谁呀?
是水。

在世界上
咕噜噜转着圈的
是谁呀?
是风。

在柿子树下
咕噜噜转着圈的
是谁呀?

是想吃柿子的娃娃。

云的孩子

风的孩子在哪里，
浪的孩子就在哪里玩耍。

长大的浪在哪里，
长大的风也跟着在哪里。

可在天上旅行的
云的孩子太可怜了。

长大的风揪着它走，
揪得它屏住了呼吸。

空壳

我给小娃娃穿上
满满装在红色木匣里的花布，
我的小娃娃，是个空壳。

它是个空壳，
所以脸永远不脏，手臂永远不折，
永远世上最美。

它是个空壳，
所以会听我说话，
是世上最乖的娃娃。

红色斑点的针织绸和友禅[1]花布，
给她换多少件，我都不腻烦。
我的小娃娃，是个空壳。

1　友禅：一种日本传统染色技法，使用淀粉或米制成的防染剂手工描绘
完成。

留声机

大人们一定觉得，
小孩子不会思考。

所以，当我驾着我的小船，
好不容易找到一座小岛，
要划进城门的时候，
他们忽然打开了留声机。

我努力不去理会，
想把故事接下去，
歌声却悄悄潜进来，
偷走了我的小岛和城堡。

有一次

走到能看见我家的路口，
我才想起，那件事。

真应该，
再多别扭一阵子的。

因为，妈妈说了，
"有能耐你就挨到晚上吧。"

可是，小伙伴一来找，
我就忘得精光跑出来。

这样虽然不太好，
但也没关系的，
妈妈一定更喜欢，
看见我兴高采烈的。

如果我是花

如果我是花，
一定是一朵乖乖的小花吧。

不能说话，也不能到处跑，
还怎么调皮捣蛋呢？

可若有人见了我，
说这朵花讨人嫌，
我会立刻愤怒地凋谢的。

就算我变成了花，
也不会乖乖的，
我变不了花儿的样子啊。

失去的东西

消失在夏日海滩上的，
玩具小船，那小船，
回玩具岛去了。
　　穿过洒下的月光，
　　抵达五彩石的海岸。

以前拉过勾勾，
却再也见不到的阿丰，
回天国去了。
　　穿过散落的莲花，
　　天童拥着她回去了。

还有昨晚，扑克牌里，
凶巴巴的大胡子国王，
回扑克王国去了。
　　穿过纷扬的大雪，
　　王国的士兵拥着他回去了。

失去的东西全都，
要回到它们原本的家。

静夜凋落的花

晨光里
凋落的花，
雀儿也会
伴它飞舞。

晚风中
凋落的花，
有钟声
为它唱歌。

静夜凋落的花，
谁来陪它？
静夜凋落的花，
谁来陪它？

月光

一

月光在屋檐上，
偷看着明亮的街。

浑然不觉的人们，
像白天一样，快活地，
走在明亮的街上。

月光见了，
轻轻叹了口气，
把许多，没人要的影子，
扔在了瓦上。

人们仍然无知无觉，
像鱼一样，
游过光之河的街道。
　深一脚，浅一脚，
　拽得灯影，
　忽长忽短，忽明忽暗。

二

月光终于找到了，
昏暗寂静的后街。

它急忙飞奔过去，
当穷苦的孤儿惊慌地，
睁开双眼时，
月光也一并溜进了他的眼睛。
　　不让他有一丝痛楚。
　　也让那间残破的屋子，
　　看上去如同银子做的宫殿。

后来，孩子睡着了，
月光还是静静地，
在那儿站到天明。
　　毁掉的货车，破旧的伞，
　　甚至连那棵小草上，
　　都一样投下了不变的月影。

IV

金米糖的梦

笑

笑是美丽的蔷薇色，
比罂粟籽还要小，
散落大地的时候，
像一束炸裂的烟火，
绽开一朵大大的花。

如果笑容也会散落下来，
就像扑簌落下的泪，
该有多美、多美啊。

金鱼的坟墓

金鱼在黑暗的、黑暗的土里，
盯着什么呢？
那夏天池塘里的水草花，
和幻觉中摇动的波光。

金鱼在寂静的、寂静的土里，
听着什么呢？
那夜晚的阵雨，
在落叶上轻轻的脚步声。

金鱼在冰冷的、冰冷的土里，
想着什么呢？
那鱼贩担子里的，
从前的、从前的朋友。

狗

我家大丽花开花的那天，
酒馆的小黑死了。

在酒馆门口玩耍时，
总是呵斥我们的老板娘，
嚎啕大哭。

那天，我在学校
好笑地说起这件事，

说着说着，却忽然难过起来。

草的名字

别人知道的草的名字，
我一个也不知道。

别人不知道的草的名字，
我全都知道。

那些名字都是我取的，
我给喜欢的草取我喜欢的名字。

反正别人知道的草的名字，
也不过是别人取的。

知道它们真正名字的，
只有天上的太阳。

所以我取的名字，
只有我在叫。

紫云英叶子的歌

被摘走的花儿
不知去向何方。

这里有蓝蓝的天空,
和会唱歌的云雀。

可我好想知道,
那个快乐的旅人——
风的去向。

那些在花枝间寻觅的,
可爱的手,
有没有哪一只
会摘下我?

羽绒被

我有一床暖和的羽绒被，
把它送给谁呢？
送给睡在门外的狗儿吧。

"不要送给我，"狗儿说，
"后山上的那棵松，
孤零零地被冷风吹着呢。"

"不要送给我，"松树说，
"原野上匍匐的枯草，
穿着霜打的衣服呢。"

"不要送给我，"草儿说，
"睡在池塘里鸭子，
盖着冰做的被子呢。"

"不要送给我，"鸭子说，
"雪房子上的星星，
冻得彻夜发抖呢。"

这床暖和的羽绒被，

送给谁好呢？

我还是盖上它睡觉吧。

夜雪

牡丹雪、小雪，
一个盲人，
一个孩子，
走过下雪的街。

明亮的窗子里，
钢琴在唱歌。

盲人停下来听，
拐杖拄着地。
一朵朵牡丹雪，
飘在他手上。

孩子看着，
明亮的窗。
牡丹雪装点在，
娃娃头上。

钢琴在唱歌，
专心致志地，

为两个人唱着，
春日的歌。

牡丹雪、小雪，
纷纷扬扬地跳着舞，
在两个人的头上，
跳着美妙温馨的舞。

袖子

穿上宽袖子的夏衣好开心呀，
像是要去拜访客人啦。

走出
葫芦花开得明晃晃的后门，
我悄悄地学着舞步。

拍拍手，摆摆手，
又四下里张望，担心被人看到了。

闻着袖子上蓝色染料崭新的味道，
我真开心呀。

寂寞的时候

我寂寞的时候，
别人不知道。

我寂寞的时候，
朋友在欢笑。

我寂寞的时候，
妈妈总是待我好。

我寂寞的时候，
菩萨也寂寞了。

杉树

"妈妈，我会变成什么样？"
"你会马上长大。"

小杉树心想：
（等我长大了，要像，
山顶路旁的百合，
开出大大的花，
还要像山脚灌木丛中的黄莺，
唱出动听的歌……）

"妈妈，我长大啦。
我会变成什么样？"
杉树妈妈已经不见了，
大山回答它：
"你会成为妈妈一样的杉树。"

椅子上

我在岩石上，
周围是海洋，
潮水越涨越高。

"喂——喂——"
岸边的帆影，
无论我叫得多大声，
还是那么远，那么远。

夕阳西下，
天空高远，
潮水涨高……
　　（好啦，来吃饭吧！）
啊，是妈妈。
我从椅子做的岩石上，
欢快地，
跳进了
屋子的海洋。

莲花与鸡

莲花
开在淤泥里。

那不是莲花
自己的主意。

鸡
从蛋里生出来。

那不是鸡
自己的主意。

我发现了
这个秘密。

那也不是
我故意的。

海螺的家

大海的黎明，沙子路上，
嗵嗵嗵，"我是送奶的，
要海豚的奶吗？"

大海的正午，海藻丛中，
"号外、号外，"锵锵锵，
"鲸鱼被鲥鱼网套住啦。"

大海的深夜，岩石的一角，
砰砰砰，"有急事，快开门，
电报、电报！"门里静悄悄。

不知是感冒了呢，还是不在家，或者睡懒觉，
海螺的家门总不开。
无论白天或黑夜，总是静悄悄。

冷雨

淅沥沥的雨
傍晚的雨，
还没点亮的街灯
淋在雨里。

昨天的风筝
还和昨天一样，
高高挂在树梢上，
刮破了、淋湿了。

沉重的伞
扛在肩上，
我提着药，
走在回家路上。

淅沥沥的雨
傍晚的雨，
地上的橘子皮
踩烂了、淋湿了。

日永

流云的影子，
从山这头，
飘到山那头。

春天的飞鸟，
从这枝头，
跳到那枝头。

那个孩子的眼睛，
从这片天，
望向那片天。

白日里的梦，
不愿在天空，
更愿在外头。

光之笼

现在的我，是一只小鸟。

被从没见过的人养在，
夏日树影下的，光之笼里，
唱着所有会唱的歌，
我是可爱的小鸟。

只要我奋力展开翅膀，
光之笼就会撑破。

但我是只温顺的，
豢养在笼子里唱歌的，
心地善良的小鸟。

草原之夜

白天，牛在那里
吃着青草。

夜深后，
月光就在那里徜徉。

月光抚过的时候，
草儿嗖嗖地长高，
为了明天再提供一顿丰盛大餐。

白天，孩子在那里，
摘着鲜花。

夜深后，
天使独自在那里散步。

天使的脚踏过的地方，
新的花儿又绽放，
为了明天孩子们能再看到。

再见

妈妈、妈妈,再多等一下下,
我实在是太忙啦。

我要和马厩里的马,
还有鸡舍里的大鸡小鸡,
说声再见。

如果能看见昨天那个砍柴的大叔,
我还想到山里去一趟。

妈妈、妈妈,再多等一下下,
我还有事情忘了做。

回到镇上就见不到,
路边的鸭拓草和蓼花[1]了,
我要看看这朵花,还要瞧瞧那朵花,
把它们的模样都记牢。

妈妈、妈妈,再多等一下下。

---

1 蓼花:一年生或多年生草本植物,花朵呈白色或浅红色。

邻居的杏树

杏花我全看到了，
下雨天有花，月夜里也有花。

花谢时，纷纷扬扬地跨过院墙，
花瓣还飘进了浴缸。

树影里结出小小果实的时候，
大家都把它忘了。

果子熟透红彤彤的时候，
我已经等待很久了。

最后我得到，
两颗杏子啦。

花和鸟

花和鸟，
在图画书里，
嬉戏玩耍。

花和鸟，
在葬礼前，
列成一排。

和谁
一起玩呢？

花店里的花。

和谁
一起玩呢？

鸟店里的鸟。

红土山

红土山上的红土，
被卖到小镇上去了。

红土山上的红松，
从脚根处塌下来，
歪着头，流着泪，
目送马车远去。

刺眼的蓝天底下，
安静的白马路上头。

载着红土的马车，
往小镇那边远去了。

和好

紫云英盛开的田埂上，春霞飘。
那个孩子站在路一边。

那个孩子手握紫云英，
我也摘着紫云英。

看见那孩子笑，
我也不知不觉地，笑了。

紫云英盛开的田埂上，春霞飘。
嘀哩嘀哩，云雀叫。

燕子

燕子嗖地飞过来，
引得我去看，黄昏的天空。

我在天空里看见了，
口红那样红的，晚霞。

然后我一直在想，
燕子飞到城里啦。

佛龛

后屋摘下的橙子，
小镇特产的雕花点心，
都要供到佛龛前，
我们是不许拿的。

但是，善良的佛祖，
马上就会把这些赐给人们。
所以我虔诚地，
摊开双手接受。

我家里没有院子，
佛龛前却总是，
开着漂亮的花。
里面总是亮亮堂堂。

而善良的佛祖，
连花也会赐给我。
不过凋落的花瓣，
可不能用脚去踩。

每个早晨和晚上，
祖母都把灯点亮。
佛龛通体金黄，
像宫殿一样熠熠发光。

每个早晨和晚上，
我都不忘拜谒神明。
然后好好回想一下，
一整天里忘记了什么。

虽然我忘记了，
佛祖却一直守护我。
所以，我会说：
"谢谢您，谢谢您，佛祖。"

佛龛像黄金做的宫殿，
但其实是一扇小小的门。
如果一直做个乖孩子，
有一天门就会朝我敞开。

这条路

这条路的尽头，
有广袤的森林吧。
孤独的朴树啊，
沿着这条路向前吧。

这条路的尽头，
有辽阔的大海吧。
莲池里的青蛙啊，
沿着这条路向前吧。

这条路的尽头，
有繁华的都市吧。
寂寞的稻草人啊，
沿着这条路向前吧。

这条路的尽头，
一定有些什么吧。
大家一起出发，
沿着这条路向前吧。

谁会对我说真话

谁会对我说真话？
告诉我，关于我的事。
　有位阿姨夸了我，
　却不知为何笑嘻嘻。

谁会对我说真话？
问花儿，它们直摇头。
　这也难怪，花儿们，
　全都那么漂亮嘛。

谁会对我说真话？
问鸟儿，它们全都逃掉了。
　一定有什么话不能讲，
　它才默默飞走了。

谁会对我说真话？
又不好意思问妈妈，
　（我究竟是，可爱的乖孩子？
　还是，难看的孩子？）

谁会对我说真话？

告诉我关于我的事。

积雪

积在上面的雪，
晒着冰凉的月光，
很冷吧。

积在下面的雪，
载着几百人的重量，
很沉吧。

积在中间的雪，
看不见天也看不见地，
很寂寞吧。

天蓝色的花

天蓝色的，
小小花儿啊，你仔细听我说。

以前，这里有一个黑眼睛的，
可爱的女孩子，
像我刚刚那样，
一直望着天空。

她的眼里整日映着蓝天，
不知不觉变成了，
天蓝色的小小花儿，
现在依然望着天。

花儿啊，我讲的故事，
如果没错，
你比那伟大的博士，
更了解真正的天空。

我总是望着天空思考，
我的心事，许多，许多，

其实有一件事我不知道，
大家都在看，大家都知道。

伟大的花儿不出声，
安静地凝望着天空。
被天空染蓝的眼瞳，
永不疲倦地凝望着。

藏好了吗？

——藏好了吗？
——还没呢！
在枇杷树下，
和牡丹丛里的，
捉迷藏的孩子。

——藏好了吗？
——还没呢！
在枇杷树枝，
和青果子里的，
小鸟和枇杷。

——藏好了吗？
——还没呢！
在蓝天外，
和黑泥中的，
夏天和春天。

紫云英

边听云雀唱歌边采花，
不知不觉采了一大把。

拿回家里会枯萎，
枯萎的花，就要被丢掉。
像昨天一样，扔进垃圾箱。

走在回家的路上，
看到哪里没有花，
就轻轻地，轻轻地，把它们撒下。
——就像春天的使者那样。

金米糖的梦

金米糖
做了一个梦。

在春天乡下
点心店的
玻璃瓶里
做了一个梦。

梦见自己
乘着玻璃船
越过海洋
在大海尽头的
广阔天空里
变成一颗星。

千屈菜

长在河岸边的千屈菜，
开着谁都不认识的花。

河水千里迢迢地，
流向远方的大海。

在大大的，大大的，海洋里，
有小小的，小小的，一滴水，
永远想念着，
无人知晓的千屈菜。

那是从寂寞的千屈菜的
花朵里掉下来的露珠。

天空和大海

春天的天空亮闪闪，
像丝绸一样亮闪闪，
为什么为什么亮闪闪？

那是天空里的星星
透出光。

春天的大海亮闪闪，
像贝壳一样亮闪闪，
为什么为什么亮闪闪？

那是大海里的珍珠，
在发光。

树叶宝宝

月亮说：
"睡吧，睡吧"。
悄悄地给它盖上月光，
默默唱起摇篮曲。

风儿说：
"起床吧！"
东边的天际发白时，
摇晃着它睁开眼。

白天，
小鸟们照顾它。
一起唱着歌儿，
在树枝间钻进钻出。

小小的
树叶宝宝，
喝完奶就睡觉觉，
睡着睡着就长大了。

皮球

镇上的孩子找皮球，
找到陌生的小镇上。
从院墙上忽地飞过的，
是肥皂泡，转眼就消失了。

镇上的孩子找皮球，
找到村子的一间小屋里。
在小屋后面看到的，
是绣球花，已经凋谢了。

镇上的孩子找皮球，
找到蓝蓝的天空里去了。
在柳叶似的云影里，
皮球藏在那儿呢。

V

寂寞的公主

麻雀

我常常会想:

要请麻雀们来吃饭,
把它们养起来,给它们取好听的名字
让它们停在我的肩上或手上,
一起去外面玩。

但我很快就又忘记了。
好玩的事情那么多,
麻雀的事儿置脑后。

晚上我才想起来,
因为晚上看不到麻雀。

我的这个想法,
若让麻雀知道了,
一定会等苦了吧。

我啊,真是个坏孩子!

做

小鸟
用稻草
筑它的巢。
　那稻草
　那稻草
　是谁做的呢?

石匠
用石头
做墓碑。
　那石头
　那石头
　是谁做的呢?

我
用沙子
堆小庭院。
　那沙子
　那沙子
　是谁做的呢?

洋娃娃树

不知何时埋下的种子，
长出了一棵小小的桃树。

虽然我只有一个洋娃娃，
还是把它埋到院子的角落里吧。

虽然寂寞但是忍一忍吧，
等土里长出两片小小的嫩芽吧。

等我把小小的嫩芽养大，
三年后开花，
秋天就长出可爱的洋娃娃，
给镇上的孩子每人一个，
从树上摘下来就分给大家，
因为洋娃娃树结果啦。

鱼市

海峡里
翻滚的
晚潮

在远方
轰鸣的
暮色

散场的
鱼市里，
海中的阴影
在偷看。

孩子啊，孩子啊，
你们在哪儿呢？
有什么，有什么，
在偷看。

秋刀鱼色的
黄昏里，

乌鸦静悄悄地
飞走了。

看不见的星星

天空里面有什么？

　天空里面有星星。

星星里面有什么？

　星星里面还有星星。
　有肉眼看不见的星星。

看不见的星星有哪些？

　有仆人成群，
　却偏爱独处的国王的灵魂，
　和万众瞩目，
　却想躲起来的舞女的灵魂。

夏天

夏天是夜猫子，
是懒觉大王。

晚上我都睡了，
它还不睡，而早上，
我叫醒了牵牛花，
夏天却还没起床。

悠悠的，悠悠的，
凉风阵阵。

夏夜

太阳下山后依然明亮的
天空，
星星咿呀呀地
吹着口琴。

太阳下山依然尘土飞扬的
后街，
空荡荡的马车嘎拉拉地
跳着舞。

太阳下山后依然明亮的
泥土，
线香烟花[1]
燃尽了，
通红的火星儿
簌簌落。

1　线香烟花：一种日本传统手持烟花，日语称为线香花火。

哑蝉

聒噪的蝉儿唱着歌，
从早到晚唱着歌，
谁看着它都在唱歌，
总唱着同一首歌。

哑蝉写着歌，
默默地在叶子上写歌，
在没人看到它的时候写，
写着谁也不会唱的歌。

（哑蝉知道吗？
秋天一到，枯叶就要坠落腐烂了呢。）

山娃娃的梦

大山深处，
温泉町
旅馆老板的女儿
做的梦，
是美丽的
大海的梦。

　红色的波光
　滔滔不息地，
　翻滚，
　金色和
　银色的
　飞鸟群绵密交叠。

她梦见的是
匣子里的舞扇。
醒来想想
好寂寞啊。

蝉声如急雨

火车窗外
蝉声如急雨。

孤独旅途的
黄昏时分,
闭上双眼,
就浮现出
金色和绿色的
百合花,

睁开双眼,
窗外的火烧云
笼着
叫不出名字的山,

一阵停息,
一阵又起,
蝉声如急雨。

月亮和女佣

我走，月亮也走，
月亮真好。

要是每晚都记得
到天上去
月亮就更好了。

我笑，女佣也笑，
女佣真好。

要是不用每天做家务
一直陪我玩，
女佣就更好了。

寂寞的公主

公主被勇敢的王子拯救，
回到了城堡。

城堡还是以前的城堡，
玫瑰也依旧盛开。

公主却不知为何寂寞，
今天和往常一样眺望着天空。

　（魔法师虽然可怕，
　但被变成小鸟，
　展开洁白翅膀，
　在无穷的碧空翱翔远方的时光，
　多么令人怀念啊。）

街道上缤纷落英，
城堡里的欢宴还在继续。
公主依然觉得寂寞，
独自待在傍晚的花园，
鲜红的玫瑰她瞧也不瞧，
只是一直仰望着天空。

苹果田

北斗七星下，
无人知晓的雪国，
有一片苹果田。

没有篱笆，也无人看管，
只在古树粗壮的枝头上，
悬挂着一只大钟。

孩子摘下一个苹果，
就敲响起一记钟声。

钟声每响一次，
就盛开一朵花。

北斗七星下，
雪橇上的旅人，
听到了遥远的钟声。

听到这遥远的钟声啊，
把冰冻的心都融化，
全都化成了泪。

曼珠沙华 [1]

村里的节日

在夏天，

白天也点燃了

烟花。

邻村的节日

在秋天，

遮阳伞绵延的

后街，

安眠地下的

人们，

点燃了

线香烟花。

彤红的

彤红的

曼珠沙华。

1　曼珠沙华：红花石蒜的别名，秋分前后开花，花色鲜红，花瓣和花蕊呈放射状，形似绽放的烟花。其花期与日本人秋季上坟的时期"秋彼岸"重合，被看作是连通阴间与人世的彼岸之花。

一夜知秋

一夜知秋。

第二百一十天刮风，
第二百二十天下雨，
再下一个黎明到来，
秋就在那个夜晚悄悄降临。

没有人知晓，
秋是乘着船上了岸，
或挥着翅飞过长空，
还是从地下汩汩涌出，
只是今天早上它已经来到。

秋在哪里，我不知道，
可是，它的确已经来了。

一万倍

比全世界国王的

宫殿加起来，

还要美一万倍。

——那是星星装点的夜空。

比全世界女王的

衣裙加起来，

还要美一万倍。

——那是倒映在水中的清晨的彩虹。

星星装点的夜空，

清晨映在水中的彩虹，

比它们加起来，

还要美上一万倍。

——那是天空彼岸神明的国度。

睡梦火车

熟睡的孩子乘上火车，
火车开出了睡梦车站。

火车开往梦之国，
在五彩玉石般的大地上，
沿红色铁道飞奔。

月光明亮，云朵红彤，
玻璃塔的尖顶，
闪着白色的星光。

所有的风景划过车窗，
火车抵达梦醒车站。

梦之国的纪念品，
谁也不能带回去。
通往梦之国的路，
只有睡梦火车知道。

狗尾草和太阳

——快了，
——就快了。
狗尾草在长高。

想办法，给那洁白柔弱的喇叭花，
遮遮太阳，
它就快被晒蔫啦。

——快了，
——就快了。
太阳口中嘟嘟囔囔。

割草的女孩太可怜啦，
竹篮那么大，
却只割了那么点。

全都喜欢

我好想喜欢上，
一切的一切。

大葱、西红柿和鱼，
每个都想喜欢上。

因为家里的饭菜，全都是，
妈妈做的。

我好想喜欢上，
全部的全部。

即便是医生和乌鸦，
都想一个不留地喜欢上。

因为世上的一切，
都是上天创造的。

水和影子

天空的影子，
撑满了整个水面。

天空的边缘，
还映着树丛，
映着野蔷薇。
  诚实的水，
   什么影子都映得出。

水的影子，
在树丛间隐约闪烁。

那明亮的影子，
那清凉的影子，
那摇曳的影子。
  谦逊的水，
   将自己的影子映得很小。

哥哥挨骂

哥哥挨骂了，

我一直在这里，

把小褂的红衣带，

结了又解，解了又结。

可是，屋后的空地上，

一直有人跳房子，

不时还有老鹰叫。

我的头发

我的头发亮亮的，
是因为妈妈总爱抚摸它。

我的鼻子低低的，
是因为我总爱擤鼻涕。

我的围裙白白的，
是因为妈妈勤洗它。

我的皮肤黑黑的，
是因为我常吃煎豆子。

玻璃和文字

玻璃
像个空壳子，
却通彻透明。

但是
好几块叠起来，
却像大海那样蓝。

文字
像蚂蚁一样，
又黑又小。

但是
许多字聚起来，
却能写出黄金城堡的故事。

月亮

拂晓的月亮
挂在山边。
笼里的白鹦鹉,
睁开困倦的双眼:
哎呀哎呀, 好朋友啊, 打个招呼吧!

白天的月亮
沉在池底。
戴草帽的孩子在岸边,
举着钓杆盯着它:
真漂亮啊, 把它钓上来, 它会上钩吗?

傍晚的月亮,
藏在树枝。
一只红嘴小鸟,
眼睛滴溜溜地转:
哇, 熟透啦, 啄一啄吧!

白色的帽子

白色的帽子，
暖和的帽子，
丢了好可惜。

不过，算了吧，
东西丢了，
就是丢了。

可是，帽子啊，
拜托啦，
别掉到沟里或别的地方去，
就牢牢挂在一根，
高高的树枝上，
给像我一样笨手笨脚，
不会搭窝的可怜鸟儿，
做一个温暖舒适的鸟巢吧。

白色的帽子，
毛线帽子。

去年

船儿，我看到啦。
上头坐着正月和元旦，
不插旗子，挂起黑帆的船，
正慢慢驶出海港。

船儿，那艘船上，
载着的，
是被伊始的新年赶走的，
陈旧的去年吧，是去年，对吧。

船儿，缓缓离去，
当它抵岸，
有没有收留去年的港湾，
有没有守候去年的人儿。

去年，我看到啦。
正月和元旦，
乘着挂起黑帆的船，
远远逃往西方的身影。

我

哪里都有我，
这里有我，那儿也有我。

路过商店就在玻璃窗里，
回到家就在挂钟里。

厨房水盆里有我，
下雨天连路面上都有我。
但是为何不管怎么看，
天上总是没有我呢？

贝壳和月亮

白丝线在染坊的蓝染缸里
浸过，
变成了深蓝色。

白贝壳在蓝色的大海里
游过，
为什么还是白色？

白云朵在傍晚的天空里
染过，
变成了绯红色。

白月亮在湛蓝的夜空里
飘过，
为什么还是白色？

丝绸之帆

国王下了命令，
自己的船上挂的帆，要非常非常薄。

淡紫色的丝绸之帆薄薄的，
透出画上去的港口小镇。
船帆美是美，
只是风呼呼地刮来，
就把帆吹了个洞。

给风留一条路，帆就不会破了，
国王下令在帆上开出一条路。

淡紫色的薄薄丝绸上，
剪出国王的徽章，
船帆美是美，
只是风呼呼地刮来，
穿过徽章，
船儿开不动，
一动也不动。

桃花瓣

矮矮的，绿色的
春天的小草，
桃树把花儿给了它。

干枯的，寂寞的，
竹篱笆，
桃树把花儿给了它。

潮湿的，黝黑的
田里的泥土，
桃树把花儿给了它。

太阳公公
高兴了，
唤来了花魂。

（那就是草地上、
田野里，
袅袅娜娜的烟霭啊。）

橙花

每当我
伤心哭泣的时候，
都能闻到橙花香。

我在这里赌气
过了不知多久，
都没有谁来找我，

蚂蚁从洞里
没完没了地往外爬，
我也看腻了。

围墙里，
仓库里，
笑声阵阵传出来，

每次想起，
我都伤心地哭泣，
每次哭泣，
都能闻到橙花香。

饭碗和筷子

正月里，
也有花，
盛开在我画着红绘[1]的饭碗上。

四月到了，
我的绿色筷子，
却还是不开花。

---

1 红绘：日本传统浮世绘板画的一种，以红为主色。

VI

我和小鸟和铃铛

如果我是男孩

如果我是男孩，
就要做
那四海为家的海盗。

我要把船漆成大海的颜色，
挂一面天蓝色的帆，
行走到哪里，都没人找得到我。

我要游遍广阔的大海，
若是见到强国的船，
就威风凛凛地说：
"来，送他们一股潮水吧！"

若是见到弱国的船，
我就客客气气地说：
"请大家将自己国家的故事
留给我吧，每人讲一个。"

不过，这些恶作剧，
是闲下来才做的，

我最重要的工作，
是要寻找把那故事中的宝藏，
全部运到"往昔"之国的，
坏蛋们的船。

若是让我找到它，
我要英勇作战，
一个不落地夺回宝藏，
隐身斗篷、魔法神灯、
会唱歌的树、七里靴……
我的船上载满宝藏，
天蓝色的船帆鼓满了风，
在袤远的青空底下，
在湛蓝的宁静海上，
我要驾着船奔向远方。

如果我是男孩，
我真想奔向远方。

心

妈妈是大人
个头很高，
妈妈的心
却很小。

妈妈说，
她心里装的都是小小的我。

我是小孩
个头很小，
小小的我
心却很大。

我心里装着大大的妈妈，
却还没装满，
我还可以想很多事情。

洗澡

和妈妈一起的时候，
我讨厌洗澡。
妈妈总是抓着我，
刷锅一样地搓啊搓。

但是一个人的时候，
我啊，是喜欢洗澡的哦。
洗澡时能做的事很多，
我最喜欢的，
是给漂在水上的木板，
码上肥皂盒或装香粉的
小瓶子。

（那是摆满丰盛美味的
黄金桌子，
我是印度的国王，
浸在开满白莲红莲的
漂亮浴池里，
享用清爽的晚餐。）

妈妈是不允许我

在澡盆里玩玩具的，

可有时邻居家的花瓣，

会飘进来变成小船，

有时我的手指头，

会像被施了魔法一样变长。

虽然谁也不知道，

但我啊，其实是喜欢洗澡的哦。

火车窗外

山丘上红色的
那是什么？

那是野漆树[1]的红叶，
透黑的红，看着有点怕。

村庄里红色的
那是什么？

那是熟透了的柿子，
黄澄澄的红，看着好眼馋。

天空中红色的
那是什么？

那是火车的灯影，
寂寞的红啊，幻灭的红。

1　野漆树：一种落叶乔木植物，生活在东南亚至东亚地区，日本将其作为提取树蜡的重要来源。

受伤的手指

手指上绑了
白色的绷带，
看着都痛，
我哭了。

借来姐姐的彩带，
绑上红白斑点的带子，
手指变成了
可爱的娃娃。

在指甲上
画个小脸蛋，
不知不觉
我忘了手指的痛。

我和小鸟和铃铛

我张开双臂，

也不会飞翔，

但那会飞的小鸟也不能像我一样，

在地上飞快地奔跑。

我摇晃身体，

也不会发出清亮的声响，

但那会响的铃铛也不能像我一样，

唱出那么多歌谣。

我和小鸟和铃铛，

全都不一样，我们都很棒。

金色的小鸟

树叶变得金黄，
我也会变得金黄吧。

遥远国家的国王，
一定会，一定会，
派使者带着宝石装饰的笼子，
来接我。

金黄的树叶落了，
即使凋落依然金黄。

黑黝黝的我，
明天一定会变成金色吧。

金黄的树叶腐烂了，
变成金黄就会腐烂，
如同闪着黑黝黝的光。

浪花

浪花是娃娃，
手拉手，欢笑着，
一起跑过来。

浪花是橡皮，
把沙滩上的字，
全都擦掉了。

浪花是士兵，
从海上冲来，大伙一齐，
砰砰砰地开枪。

浪花是糊涂虫，
把美丽的贝壳，
丢在了沙滩上。

海和山

从海上来的，
是什么？

从海上来的，
有夏天、风、鱼和
香蕉篮子。

还有，乘着新造的船，
从海上来的
住吉祭[1]。

从山上来的，
是什么？

从山上来的，
有冬天、雪、小鸟和
运炭的马。

---

1 住吉祭：日本传统祭祀活动，主要祭祀海神。

还有，乘着交让木[1]的叶子，

从山上来的

正月。

1　交让木：常绿乔木，新叶萌芽时老叶才凋落，在日本有辞旧迎新之意。

山里的孩子，海边的孩子

山里的孩子哟，
你去镇上看见了什么？

看见一颗茱萸果，
忽地掉进傍晚时路口的人群中，
没人踩到就消失了，
像森林小屋的一盏灯火。

海边的孩子哟，
你去镇上看见了什么？

看见铁轨上的积水，
映着美丽的蓝天，
鱼鳞云浮在上头，
像白天里寂寞的星。

奇怪的事

我奇怪得不得了，
为什么黑云里坠下的雨滴，
会闪着银色的光。

我奇怪得不得了，
为什么吃着绿桑叶的蚕儿，
会长成雪白的颜色。

我奇怪得不得了，
为什么没人理会的葫芦花，
会静悄悄地开了花。

我奇怪得不得了，
为什么我问过的每一个人，
大家都笑着说："那是当然啦。"

渔夫之子的歌

我要出海。
　　在长大后的某一个,
　　像今天这样风平浪静的日子,
　　海边的小石子送我起航,
　　孤单又勇敢。

我要抵达小岛。
　　在遇到狂暴风雨,
　　七天七夜后的黎明,
　　我抵达向往已久的,
　　那座,那座小岛的海岸。

我要写信。
　　在我一个人搭建的小屋里,
　　独自开心地吃着
　　亲手摘来的红果子,
　　边吃边给远在日本的朋友写信。
　　(对了,我要带上信笺,
　　还要载着送信的鸽子。)

然后，我要等待。

　　平时总是欺负我的，

　　镇上的孩子们，

　　都会来找我玩，

　　来看我的小红船。

是的，我会等待。

　　就像现在这样躺着，

　　望着湛蓝的天空和大海。

花津浦

我在海边眺望花津浦，
听见有人说：
"从前，从前。"
每当我在海边望着花津浦，
寂寞都
充满心房。

邮局的叔叔，
听我问到花津浦的名字来由，
对我说："从前，从前。"
现在叔叔在哪儿、做什么呢?

船儿越过
花津浦的花，
消失在
远方。

如今大海仍被落日点燃，
如今船儿仍然驶向海上。

"从前，从前"啊，

花津浦啊，

一切都变成了过去。

弁天岛

"这座小岛好可爱，
放在这里太可惜了，
我要用绳索拖走它。"

有一天，北国的船夫
笑着对我说。

我想着：这不可能、不可能，
天黑了，却还是不放心，

早上，我提心吊胆地，
飞奔到海边。

弁天岛浮在海上，
被金色的光芒笼罩着，
还和从前一样绿葱葱。

极乐寺

极乐寺的樱花是八重樱，

八重樱，

送货的路上我见过它。

经过横街的十字路口，

拐弯的时候，

我的余光瞥见了它。

极乐寺的樱花是土上的樱花，

土上的樱花，

只开在土上哦。

海苔饭团的便当，

我带着便当，

去赏了樱花。

祇园社

哗啦哗啦，
松叶落下，
神社的秋天，
真寂寞啊。

窗里飘出的歌谣啊，
煤油灯啊，
系着红带子的
桂皮啊。

如今只剩下
破烂的冰店里，
秋风吹过
呼啦呼啦。

雪

蓝色的小鸟死在
无人知晓的田野尽头。
　　在一个寒冷的，寒冷的，黄昏。

天空撒下白雪，
像要把它的尸体埋葬。
　　厚厚的，厚厚的，没有声响。

无人知晓的山村里头，
房子也一起盖了起来。
　　披着雪白的，雪白的，厚外套。

第二天早晨天亮了，
天空晴朗得格外动人。
　　湛蓝的，湛蓝的，美丽的。

那小小的美丽的灵魂，
通往天国的道路，
　　宽阔地，宽阔地，敞开了。

向日葵

太阳公公的车轮，
漂亮的金黄色的车轮。

从蓝天上碾过，
发出金黄色的声响。

路过白云的时候，
遇上小小的黑色星星。

车轮为了不轧上
谁都不认识的黑色星星，
猛地偏转了方向。

被甩出去的太阳公公，
满面通红、气冲冲，
漂亮的金黄色车轮，
被远远扔到人间。
很久很久以前，就被扔到人间。

现在，金色的车轮依然，
追着太阳一圈圈旋转。

问雪

落在海上的雪，变成海。

落在街上的雪，变成泥。

落在山上的雪，依旧是雪。

还飘在空中的雪啊，

你想落在何方？

街角的干货店
——我的老家，就是这样

阳光斜斜地

在街角干货店的

盐袋子上

划下清晰的线。

第二间空屋里

米袋子空荡荡，

无家可归的狗

打着滚儿玩耍。

第三间酒馆的

炭袋子旁，

山里来的马儿

嚼着饲料。

第四间书店的

招牌后面，

我悄悄地

张望着。

摇篮曲

睡吧睡吧，

黄昏时采来的，

红色紫云英，

也要睡觉啦。

细长的绿色脖颈

已经垂下来啦。

睡吧睡吧，

黄昏时看到的，

那片山坡上的白色房子，

也要睡觉啦。

蓝色的玻璃眼睛，

已经闭上啦。

睡吧睡吧，

黄昏时候地睁开眼的，

只有电灯泡和，

森林里呼呼叫的

猫头鹰啊。

鲸法会

鲸法会开在暮春，
海上捕飞鱼的时节。

当海边寺院敲响的钟声，
传到摇晃的水面，

当村里的渔夫们穿着和服外套，
赶往海边的寺院，

海上有一只小鲸鱼，
听着鸣响的钟声，

为死去的父亲母亲，
伤心抽泣。

钟声在海面回荡，
能传到大海的，哪一方呢？

黄昏

昏暗的山上有扇红色的窗，
窗子里头有什么？

有一只空荡荡的摇篮，
和一位含着泪水的妈妈。

明亮的天空上有轮金色的月亮，
月亮上头有什么？

一只金子做的摇篮里啊，
那个小婴儿睡得正香。

感冒

随风飘香的
橙花呀，
昨天我在，
橙子田里的
橙树上，
荡了秋千。

今天感冒啦，
躺在床上，
刚才来看我的
大胡子医生，
会不会给我喝
苦苦的药？

雪白的、
香喷喷的
橙花呀。

猜谜

猜猜这是什么谜：
什么东西有很多，想捉却又捉不到？
　蓝色的大海蓝色的水，
　捧起来就不再蓝。

猜猜这是什么谜：
什么东西看不见，想捉却又能捉到？
　夏天的中午微微的风，
　摇摇团扇就捉到。

是回声吗?

我说："一起玩吧",
它也说："一起玩吧"。

我说："笨蛋",
它也说："笨蛋"。

我说："再也不和你玩了",
它也说："不和你玩了"。

过了一会儿，我又
寂寞了，

我说："对不起",
它也说："对不起"。

是回声吗?
不，它谁也不是。

山和天

如果山是玻璃做的，
我就也能看见东京了吧。
　　——像我那
　　坐着火车离开的
　　哥哥一样。

如果天是玻璃做的，
我就也能看见上帝了吧。
　　——像我那
　　变成天使的
　　妹妹一样。

没有玩具的孩子

没有玩具的孩子
要是寂寞了，
给他玩具就开心了吧。

没有妈妈的孩子
要是难过了，
见到妈妈就高兴了吧。

妈妈温柔地
摸着我的头发，
我的玩具多到
箱子装不下，

可我还是
觉得寂寞，
得到什么我才会开心呢？

海浪的摇篮曲

睡吧，睡吧，哗啦啦啦，
哗啦啦，哗啦啦，快睡吧。

海底的小贝壳，
在海藻摇篮里睡着啦。

睡吧，睡吧，哗啦啦啦，
十五的圆月，高高挂。

海滩上的小螃蟹，
在沙滩床上睡着啦。

哗啦啦，哗啦啦，快睡吧，
睡到金星变白的拂晓吧。

早春

飞来的
皮球啊，
孩子们跟在后面。

飘在空中的
风筝啊，
海边阵阵汽笛声。

飞来的
春天啊，
今天的天空　多么蓝。

飘在空中的
心，
远远的月亮　多洁白。

明天

在街上遇到
一对母子
隐约听见他们说：
"明天"。

街道尽头
晚霞满天，
在我知道
春天就要到来的这天。

不知为何
我也快活起来
心里想着：
"明天"。

牵牛花

蓝色的牵牛花朝着那边开，
白色的牵牛花朝着这边开。

　一只蜜蜂，
　飞过两朵花。

　一个太阳，
　照着两朵花。

蓝色的牵牛花朝着那边谢，
白色的牵牛花朝着这边谢。

　就这样结束啦，
　好吧，再见啦。

冻疮

冻疮有些发痒的
晴暖冬日里，
屋子后的山茶花开了。

摘下一朵插在头上，
再看看我的冻疮，
忽然觉得自己像，童话故事里
跟着继母的孩子，

就连透明的浅蓝色天空，
都变得寂寞了。

鹤

皇宫池塘里的
丹顶鹤哟。

在你眼中，
世界上的一切，
都裹着，
一层网。

    风和日丽的天空裹着网，
    我小小的脸儿也裹着网。

皇宫池塘里的
丹顶鹤，
在网里静静地
挥动翅膀时，
火车飞驰着越过
远处的一座山。

红鞋子

天空昨天蓝今天也蓝，
道路昨天白今天也白。

水沟边也有花儿开，
小小的繁缕花儿开。

小宝宝也换上薄衣裳，
一步，两步，开始学走路。

迈出一步就得意地，
笑啊，笑啊，脆生生地笑。

穿着新买的红鞋子，
小宝宝啊，向前走吧，春天来啦。

野蔷薇

白色的花瓣
开在刺丛中，
  "哎呀，多痛啊。"
微风
跑过去，
想要帮帮它，
花儿却簌簌地，簌簌地
散落了一地。

白色的花瓣
落在土上，
  "哎呀，多冷啊。"
太阳公公
悄悄照着，
想要温暖它，
花儿却变成了茶色
枯萎死去。

捉迷藏

藏好了吗？藏好啦。

太郎，次郎，都藏好啦。

后门只有无精打采的，鬼魂。

　（向日葵绕着太阳转，

　　转了大概五分钟。）

捉迷藏的孩子，都在干什么？

一个孩子在后屋的柿树上，

抓着青柿子。

一个孩子在傍晚的厨房，

望着锅子升腾的热气。

而鬼魂先生，在干什么？

听见喇叭的声音飞了出去，

跟着马车跑掉啦。

只有桐树的影子

静静地，高高的，站在后门旁。

纸星星

我想起，

医院里，

有点脏的白墙。

长长的夏日，一整天，

我都望着这面白墙。

小小的蜘蛛网，雨水的痕迹，

还有七颗纸星星。

星星上有七个字，

圣，诞，节，快，这七个字[1]。

去年，圣诞，那床边，

不知哪个孩子睡不着，

对着那夜的雪寂寞地，

剪了纸星星。

---

1 译者注：日语中的"圣诞节快乐"写成假名是"メリークリスマス"，但诗中只写了"メリークリスマ"这七个音节。

我忘不了，

医院墙上，

旧得发黑的，七颗星星。

蝈蝈爬山

蝈蝈，爬山，
一大清早，就爬山。
　呀，哎哟哎哟，嘿咻，哎哟哎哟，嗬！

山坡披着朝阳，田野披着朝露，
我跳起来真欢畅啊，真精神！
　呀，哎哟哎哟，嘿咻，哎哟哎哟，嗬！

那座山的，山顶，是秋天的天空，
我的胡须，碰到冰冷的天空啦！
　呀，哎哟哎哟，嘿咻，哎哟哎哟，嗬！

再跳一下，跳起来，就能跳到，
昨晚看到的，星星上去啦！
　呀，哎哟哎哟，嘿咻，哎哟哎哟，嗬！

太阳，那么远，真冷啊！
那座山，那座山，还是那么远。
　呀，哎哟哎哟，嘿咻，哎哟哎哟，嗬！

这朵花儿我见过，白桔梗，

这不是昨晚我住的那家旅店吗！哎呀，哎呀。

　　呀，嘿咻，累了，累了，嗬！

山坡披着月亮，田野披着夜露，

我还是喝点儿露水，睡一觉吧。

　　呵啊，呵啊，打哈欠，困了，嗬！

附录：

金子美铃小传

明治三十六年（1903 年）4 月 11 日，金子美玲出生在日本山口县大津郡一个靠海的小渔村——仙崎村（现为山口县长门市仙崎）。她是金子庄之助与ミチ（美知）的长女，本名テレ（照）。

除了父亲和母亲外，当时金子家中还生活着祖母ウメ（梅）和比金子美铃大两岁的哥哥坚助，父亲用开船出海挣来的钱养活一家人。此时，金子美玲的姨父上山松藏经营着好几家书店。1905 年，在姨父的劝说下，父亲庄之助成为了上山文英堂书店中国营口分店的店长，独自去往中国。然而好景不长，第二年 31 岁的父亲猝然离世，使这个原本就清贫的家庭雪上加霜。那时金子美铃还未满三岁，万般无奈之下，母亲只得在 1907 年将刚满两岁的儿子正祐过继给上山家为养子。与此同时，母亲和外婆又在仙崎村开了一家名叫"金子文英堂"的书店，维持着日常生计。母亲美知生性开朗坚强，敏捷聪颖，她教导女儿要将目光放在那些肉眼看不见的重要事物上，也教会了金子美铃用新的视角来观察身边的一切，这为金子美铃今后童谣诗歌的创作奠定了基础。

时至明治四十三年（1910年），已经七岁的金子美铃进入濑户崎寻常小学。在上学期间，成熟稳重的金子美铃酷爱读书，表现出了超出同龄人的对于知识的渴求。同时，她也非常享受与小伙伴们一同玩耍嬉戏的时光，是个会和附近的孩子们一道摘花、玩过家家的开朗少女。大正五年（1916年），金子美铃升入郡立大津高等女子学校，在校期间经常在校友志上发表文章。当时的班主任评价她"性格虽然内向，但是内心丰富，友爱同学，待人谦恭有礼，是个长得胖乎乎的漂亮女生"。金子美铃沉浸在书中，对自然的世界始终保持着一份憧憬和向往。进入青春期后，虽然她渐渐开始封闭自己的内心，但温和的性格仍然使她获得了同学们的喜爱，同时也结交到了挚友。可以说，学生时代的经历对于金子美铃来说是也是丰富多彩的。

大正七年（1918年），金子美铃15岁时，姨妈上山フジ（藤）因病突然离开人世。按照当时的习俗，母亲在大正八年（1919年）前往下关市改嫁给姨父，接替了姨妈的位置，家中只剩下兄长、祖母和金子美铃三人。大正九年（1920年），金子美铃作为毕业生总代表毕业，老师曾经建议她去师范学校进修，但金子美铃认为自己不适合学校教员室的氛围，从而谢绝了老师的提议。

毕业后的金子美铃常来往于下关与仙崎之间。虽然母亲改嫁到了上山家，但姨父却将弟弟正祐的身世作为秘密封存了起来，隐瞒了美知为其母的事实，希望将正祐作为自己的亲生儿子抚养。坚助和金子美铃只能心怀秘密尽心爱护这个出生不久就被过继的弟弟。

大正十二年（1923年），哥哥坚助结婚。已经成人的金子美铃离开了住着兄嫂的金子家，来到下关帮助姨父打点书店的生意，当上了上山文英堂支店商品馆的负责人，也因此得以重新和母亲及弟弟一起生活。这大概是金子美铃一生当中最快乐的时光之一。弟弟和她都酷爱读书，平日里她和志趣相投的弟弟一起写诗作文，天性聪颖的金子美铃爱好写童谣，弟弟正祐便成为了第一读者。

此时正处于大正民主主义运动的兴盛时期。在此之前，19世纪末教育的普及对日本儿童文学起到了极大的推动作用。夏目漱石的弟子铃木三重吉衍发了"童谣"的概念，并于大正六年（1917年）创办了儿童刊物《赤鸟》，一时间云集了包括芥川龙之介、泉镜花、佐藤春夫、岛崎藤村在内的众多著名作家，以及儿童文学作家小川未明、宫泽贤治、新美南吉等人，当时的一流作曲家也踊跃为童谣配曲，其中的一些曲目至今仍广为传唱。童谣和童话由此迅速发展，同时还涌现了一批以北原白秋、西条八十为中心的童谣巨匠，大正时期成为了日本童谣历史上的一座高峰。

受到西条八十的影响，金子美铃开始创作童谣，并将自己的诗作投给了《童话》等当时一些有名的儿童杂志。因为害怕被退稿，金子美铃便干脆连续投了四份杂志，没想到新颖的视角受到了杂志主编的关注，这些诗稿竟然都被录取了。其中，《童话》杂志刊登了她两首童谣《鱼儿》和《幸运的小槌》，杂志主编诗人西条八十对她赞赏有加，称她为"童谣诗的彗星"。

这之后，金子美铃又紧接着不断投稿，每个月都会有几篇作品被杂志选上刊登。大正十三年（1924年），金子美铃在《童话》杂志发表的《沙的王国》《美丽的小镇》《鱼满舱》、在《妇人俱乐部》杂志刊登的《燕子的记事本》等作品，也得到了西条八十的极大赞扬。除了西条八十，金子美铃的作品也俘获了众多读者及诗人的心。就在金子美铃成为童谣诗人大放光彩的同时，她的个人生活也发生了翻天覆地的变化。

大正十四年（1925年），金子美铃22岁。这一年，她的挚友田边在怀孕期间因病去世，此事给金子美铃带来了很大的打击。另外，姨父松藏察觉到了正祐对姐姐金子美铃不同寻常的关心，急于遏制事态发展的他希望尽快将金子美铃嫁出去，并希望在继子接手书店前寻觅到一个帮手，于是松藏看中了在书店工作的副掌柜宫本启喜。虽然金子美玲内心并不愿意，但善良的她不愿拒绝一直以来照顾自己的姨父，仍然同意了这门婚事。

大正十五年（1926年），金子美铃与宫本启喜结婚，两人在上山文英堂二楼开始了新婚生活。虽然金子美铃在童谣诗人的路上可谓如日中天，她的婚姻生活却在结婚几个月内便遭遇危机。丈夫宫本启喜在婚前就因为女性关系混乱受到过上山松藏的斥责，甚至曾经与艺妓相约自杀未遂。婚后他不仅积习不改，流连于花街柳巷无法自拔，还因为工作意见不同而与正祐产生纠纷，由此受到了姨父的冷遇，最终被逐出上山文英堂。此时金子美铃已怀有身孕，于是她放下了离婚的念头，和丈夫搬出书店住进了偏僻狭小的出租屋，开始了真正意义上的两人生活。同年11月14日，随着女儿ふさえ（房江）出生，金子美铃再次找回了生活的动力，变得阳光开朗起来。

昭和二年（1927年），被金子美玲视同恩师的西条八十途经下关去往九州演讲，虽然时间紧迫，两人仍约定在车站见面。对于这次会面，西条八十这样记述道："……她沉默寡言，只有明亮的双瞳向我诉说了一切。"这场最初也是最后的会面只持续了短短5分钟，在回家的路上，金子美铃背着女儿绕道去了上山文英堂，"我今天见到西条先生了！"她开心地告诉家人。诗歌，是金子美铃生活中的一道阳光。

继续写作的金子美铃再次向《童话》杂志投稿，但《童话》杂志却在 7 月突然停刊了。即使如此，金子美铃的人气仍然居高不下，她的作品在社会上得到了极高的评价。同年，金子美铃加入了由当时一流诗人组成的童谣诗人协会，由该协会发行的《日本童谣集》中收录了她创作的《大渔》和《鱼儿》两篇作品。金子美铃成为了继与谢野晶子之后第二个获得该殊荣的女性诗人。

这之后，她多将童谣投稿给西条八十创办的杂志，并全心全意投入到了抚育女儿的生活当中。但丈夫宫本却一直没有找到工作，积蓄也越来越少，他们只得频繁搬家。这一年，金子美铃 24 岁，感情深厚的祖母梅去世了，更糟的是丈夫还传染了淋病给她，饱受身心摧残的金子美铃只能拖着病躯陪伴在女儿身边，过着缠绵病榻的生活。那个时代青霉素尚未问世，如果淋病病情加重可能导致死亡。在这种恶劣的情况下，金子美铃仍然没有放弃童谣诗的写作，接连在《烛台》杂志上发表了《雪》《日光》等作品。然而，丈夫非但没有收敛，反而对金子美铃写诗的行为嗤之以鼻，还勒令她停止创作和与外界的通信。昭和四年（1929 年），在生活的重压下，金子美铃将所有作品整理誊写成三册童谣集，分别寄给恩师西条八十以及弟弟正祐，从此放下了诗歌写作。

后来，丈夫的点心批发商店虽然经营顺利，但他沉湎女色的行径却没有丝毫改变，加之自己的病情愈加严重，金子美玲终于提出了离婚。昭和五年（1930年）2月，两人正式离婚，金子美铃同时提出要求，希望由自己抚养女儿房江。

离婚后的金子美铃回到上山文英堂，以为从此可以解脱的她却又收到了丈夫寄来的信件。在信中宫本推翻了自己之前许下的承诺，要求将女儿交与他抚养，信上写着"我将于3月10日过来带走房江"。这句话彻底击碎了金子美铃的最后一点希望。在当时以父系关系为主导的背景下，一旦父亲要带走孩子，母亲便没有拒绝的理由。

女儿将被夺走的事实最终成了压垮她的最后一根稻草。3月9日那天，金子美铃来到下关市三好照相馆拍摄了最后一张照片，在参拜神社后买了女儿最爱吃的樱饼，晚饭后她带女儿洗澡，安顿女儿睡下。上楼前，金子美铃回头望着睡在母亲美知身边的房江，轻声自语道："多么可爱的睡脸啊！"这成了她说过的最后一句话。

那天晚上，金子美铃将一张照片存放单及三份遗书放在枕边后，吞下了安眠药。在给前夫宫本的遗书中她写道："你能留给女儿的唯有金钱，根本不能带给她精神上的食粮，请你将孩子交给我母亲抚养吧。"另两封给姨父和母亲的信则是这么写的："今后房江就拜托你们照顾了，我的心正如同今晚的月亮般，无比平静。"

3月10日，金子美铃结束了自己年仅26岁的年轻生命。在她死后，女儿房江也如信中托付的一样，由她的母亲美知抚养。

心怀美丽文字的人是幸福的。反观金子美铃的一生，她的经历艰辛而短暂，内心却一直温暖而丰富。她将爱的宇宙无限展开，笔下的童谣诗将一瞬变成了永恒。时间的长度无法丈量灵魂的旅程，金子美铃的字句在她死后还将恒久地点亮未来，就像她最后那张照片中的笑容一般，安详而澄澈。

图书在版编目（CIP）数据

我和小鸟和铃铛：金子美铃诗歌精选集／（日）金子美铃著；
烨伊译．—北京：人民文学出版社，2018.1
ISBN 978-7-02-013076-4

Ⅰ．①我…　Ⅱ．①金…　②烨…　Ⅲ．①诗集－日本－
现代　Ⅳ．① I313.25

中国版本图书馆 CIP 数据核字（2017）第 149900 号

选题策划：雅众文化
责任编辑：陈　旻
特约编辑：简　雅
装帧设计：孙晓曦

我和小鸟和铃铛：金子美铃诗歌精选集
〔日〕金子美铃　著
烨伊　译
人民文学出版社出版
（100705　北京市朝内大街 166 号）
山东临沂新华印刷物流集团印刷　新华书店经销
字数：23 千字　开本：880×1092 毫米　1/32　印张：8
2018 年 1 月北京第 1 版　2018 年 1 月第 1 次印刷
印数：1-8000
ISBN 978-7-02-013076-4
定价：39.90 元